가물치 우는 밤

박춘희

경상북도 봉화에서 태어났다.

한경대학교 및 동 대학원 미디어문예창작학과를 졸업하고, 단국대학교 대학원 문예창작학과에서 박사 학위를 받았다.

2001년 『시와 시학』을 통해 시인으로 등단했다.

시집 『천 마리의 양들이 구름으로 몰려온다면』 『가물치 우는 밤』을 썼다.

파란에서 펴낸 박춘희의 시집

천 마리의 양들이 구름으로 몰려온다면(2019)

가물치 우는 밤(2026)

PARAN IS 17 가물치 우는 밤

1판 1쇄 펴낸날 2026년 3월 30일
지은이 박춘희
인쇄인 (주)두경 정지오
디자인 이다경
펴낸이 채상우
펴낸곳 (주)함께하는출판그룹파란
등록번호 제2015-000068호
등록일자 2015년 9월 15일
주소 (10387) 경기도 고양시 일산서구 중앙로 1455 대우시티프라자 B1 202-1호
전화 031-919-4288
팩스 031-919-4287
모바일팩스 0504-441-3439
이메일 bookparan2015@hanmail.net

ⓒ박춘희, 2026, printed in Seoul, Korea

ISBN 979-11-94799-29-0 03810

값 12,000원

*이 시집은 한국예술인복지재단의 예술활동준비금 지원을 받아 발간되었습니다.

가물치 우는 밤

박춘희 시집

철 지난 옷을 꺼내 가을 햇볕에 말린다.

시인의 말

철 지난 옷을 꺼내 가을 햇볕에 말린다.

부끄럽구나 푸른 하늘이여!

차례

제1부

어머니

산뽕 잎에 비 내립니다.

절벅거리며 달겨드는 잎들 사이
감자밭 고랑에 묻힌 어머니의 굽은 등
빗줄기에 흔들립니다.

짧은 속적삼 사이 불어 허연 살
빗속 감자순만 퍼렇게 눈뜹니다.

아버지의 겨울 1

벼 밑둥만 남은 논바닥에
하얗게 질린 얼음이 까치발을 하고 섰다.
거적데기 위로 남루한 몸을 눕힌 겨울 햇살
광목 두루마기를 입은 나의 아버지와 동행하던
쓸쓸히 굽은 등을 한 겨울
가랑잎을 닮은 바람
마디 굵은 아버지의 손에서 빠져나가고
노릿하게 소금에 익은 간고등어가 짚으로 묶여
쭐래쭐래 따라나서던 길섶
찔레 덤불 밑으로
조조조조거리던 겨울 솔새와
섣달 초사흘께의 쓸쓸한 아버지의 겨울.

아버지의 겨울 2

호롱불 머리 맞대고 듣던 적적한 산골
스란스란 눈 오는 소리
생솔가지 부러져 뒤척이던 밤

밀개로 눈을 치우시던 아버지는
아카시아나무의 밑둥치를 손도끼로 뭉툭뭉툭 잘라 내
소죽솥 아궁이는 빼곡히 아카시아나무로 입안이 헐어 있다.

생나무가 타는 집들은 저마다
애기 혼(魂) 같은 파란 연기들을 올리고 있다.

늦은 귀가

—

어둠 속 빨래들 기다림으로 펄럭일까.

밤이슬 맞고 눅눅한 눈을 들어 하늘을 보면
거기 밀꽃이 핀 듯 별 무더기

마슬 다녀오는 발걸음 돌멩이 부딪혀 알가락거리는 밤
내 옷가지들이 하염없이 나를 기다리는
그 외진 마을

슬레이트 지붕엔 밤마다 고양이가 가만히 발 모두는 소리

시궁창을 타다 말고 나를 빤히 보던
눈물이 똑 떨어질 것 같던 발이 바알간 쥐

경운기가 다니는 길 쪽으로 난 봉창가
흙탕물 자국 아련한 시간 뒤 삭아서 나달거리는 모기 망

비탈길을 비켜서 있는 옥수숫대는 곧잘 바람을 불러 노닥
거리는데

—

빨래 장대보다 더 높이 자라 버린 해바라기가
푸른 꽃몽오릴 꽉 잡고 마당만 내려다보는

내 삶 속에 놓여 있는 이 모든 정경들

늦은 귀갓길.

*알가락거리다: 돌멩이가 부딪혀 내는 소리를 묘사하는 의성어 '알각달각'
을 변형하여 만든 조어.

쥐똥나무

아카시아 숲을 지나 반월역으로 가는 길
철길 부딪히는 소리 들으며
쥐똥나무는 자주 발이 저리다.

어느 해 봄 전지가위에 잘렸을까
몽당구리 몸이 된 채 손톱만 한 잎들도 숨죽이는 듯
자잘한 꽃을 틔워 내는 네 몸은 무척이나 고단했겠구나.

아문 자리는 더 독한 마음을 먹고 얼마나 속이 탔길래
쥐똥 같은 열매를 쏟아 내는가.

가던 길 멈추어 마주 보니
우린 이미 오래전부터 닮아 있었나 보다.

한낱 이승의 꿈길 같은 아스팔트를 내려다보며
후미진 생의 꿈을 꾸는 내 누추의 몸보다
수만 송이 환한 꽃가지를 단 네 몸이 더 눈부시다.

네 온몸 향기의 소(沼), 그 소용돌이를 지나 나는 한 삶을
풀어놓고

상처 위에도 오롯이 솟는 생의 그리움

살아 있는 것들의 저 불가한 생의 욕망들
문득 말을 삼킨 목젖이 붉어진다.

*몽당구리: '끝이 모지라졌음'을 뜻하는 '몽당'과 '놀림을 받을 만한 대
상'을 뜻하는 접미사 '구리'를 합쳐 만든 조어.

개꽃
―샛바람

一

참꽃 지고 개꽃 필 때 점촌댁 아래채에 얼근 색시
씨받이로 들어앉혔다네.
꽃봉오리에 갇힌 씨방인 듯 그녀

문풍지를 흔드는 봄바람
귀봉지 가득 모아 쥐고 그 소릴 듣네.
봄 미나리 잎맥 뒤집히는 소리 그 파닥임까지 듣네.

청명 지나 곡우 날
흙냄새 자옥이 몰고 오던 빗소리 그쳐도
아랫방 얼근 색시 태기가 없었다네.

제풀에 부아가 난 늙은 신랑
모심기 끝나도록 취중 참꽃 개꽃 꽃밭 타령
해 저무는 줄 몰랐다는데.

그 봄 한켠 저 혼자 몸 달다 지친 참꽃,
깜깜한 얼굴로 솔 모랭이를 돌아 나가는 얼근 색시
차마 볼 수 없었다네.

一

해가 가장 높이 뜬 하짓날
얼근 색시 또다시 소박맞아
개꽃 참꽃 시든 산길 넘어 돌아갔다네.

매년 개꽃이 필 무렵이면
소박때기 색시 심술 같은 샛바람이 소죽솥 아궁이를 휘저어
집집마다 눈물 바람 분다네.

그녀처럼 매운 눈물 흘린다네.

*얼그다: 얽다. 경상도 방언.
*귀봉지: 봉지처럼 생긴 귀.

봄밤 귀동냥하다

―

그믐밤

개구리 알
씨앗처럼 여물어
눈 벌어지는 소리
논배미 가득 설레다.

할마씨 둘 마주 앉아
씨옥수수 까는 소리 고시랑고시랑
도둑괭이 엿듣다.

겨우내 바짝 제 성질을 돋우던 돌쩌귀도
혼곤히 풀어져
순한 옥수숫대 소리로
드나들다.

―

옛집 1

나는, 사철 적막을 키우는 집이다.

서까래 위 먼지들은 겉잎과 속잎을 딛고 켜켜로 핀 꽃이다.
나의 내부는 정물처럼 무겁고, 빛나지 않는 빛 하나가 거기
있는 듯
때때로 잠깐씩 밝아진다.

한 움큼의 빛을 문 가지런한 수저 한 벌
일상이 사라진 세계 너머 저 홀로 반짝이는 것들

모든 소리와 먼지들은 사소한 일상의 틈에 깃든다.
나는, 돌아오지 못하는 것들의 집이며 적막한 소리들의
귀이다.

옛집 2
—어머니

겨울 한밤
속을 파먹던 무
옴팡 덜어 낸 어둠, 숨들입니다.

문수암을 거쳐 싱골로 내려올 동안
도랑도랑 손을 잡고 강을 꿈꾸었을
어린 물의 영혼들
오래된 혈관을 타고 흐릅니다.

새벽이 벽오동같이 오고
처마에 깃든 새들이 씨앗 같은 똥을 톡톡 떨어뜨릴 때
구들장 아래 아득한 물소리들
푸른 정맥처럼 가만히 뜁니다.

밭두둑마다
섬모처럼 바람이 일고
머위꽃 가만가만 피어납니다.

꽃대궁 흔들리는 저녁
자드락자드락 뒤축 끄는 소리와 함께

늙은 고양이도 돌아오는 시간입니다.

당신은
칸칸
생생한
숨을 담는 집입니다.

*문수암: 경상북도 봉화군 봉성면 소재 절 이름.
*싱골: 경상북도 봉화군 봉성면 소재 골짜기 이름.

옛집 3

나는 소리의 집입니다.

고양이가 암내를 풍기는 봄밤
자리 밑 쥐며느리며
먼지를 털며 돌아오는
허름한 가장의 발소리까지 보태
한때는 분주한 일가를 이루었습니다.

동굴보다 더 깊던 광 속
어머니의 쌀 푸는 소리가
어둠의 공명판을 흔들었지요.

감꽃이 지듯 아이들 소란이 잦아들고
날마다 빛과 어둠을 비워 내는
내 속을 물끄러미 들여다봅니다.

날로 색이 빠지는 벽지며
들숨 날숨으로 쌓여 가는 먼지들이
사계를 통과하면
더 큰 고요가 몰려올까요?

어느 방에선가
낡은 모시 적삼을 비비는 베짱이
빈집을 연주합니다.

—

　누군가 불러 주지 않으면 영영 잊힐 것 같은 봉화군 봉성면 외삼2리 부랭이 마을이 있었다.

　짐막골, 싱골, 먹골, 밤나무골, 바른골, 사늘, 소진골, 불탄골, 비선산소골, 진둑산, 똥그랑봉, 두리봉, 매봉산, 앞산, 아랫마, 모래밭재, 웃샘, 솔모랭이 큰엄마, 큰아부지, 해매리 할매, 싱부 할매, 도야 할배, 우천댁, 오록댁, 약국 할매, 문단 할배, 억수 아재, 또복 할배, 조상들이 뼈를 묻은 선산과 반남(潘南) 박씨 교수공파 대대손손 뿌리내린 부랭이골은 물과 공기와 산세가 수려해서, 학자와 장군과 시인이 나오고, 스물한 가구 순박한 사람들이 과수원을 일구고 농사를 지었다. 송이버섯이 지천이었던 똥그랑봉을 비롯해서 병풍처럼 둘러쳐진 산들은 각종 산나물과 약초들을 내주어 후손들의 잔뼈가 굵던 곳이다.

　삽딱주, 이밥추, 나물취, 미역취, 수리취, 고사리, 고비, 땅두릅, 두릅, 고추장대, 개미취, 뚝갈나물, 달구벼슬, 잔대싹, 산궁구이, 개불알꽃, 산부추, 나락나물, 가싯대나물, 산도라지, 산더덕, 비둘기나물, 햇닢, 다래순, 싸리나물, 머구나물, 종지나물, 메밀나물, 명태나물, 밥부제나물, 원추리, 물레나물,

논뚝가지, 황새나물, 까마귀오줌통, 까마물거지, 오바리꼬바리, 송곳나물, 중파, 달래, 나생이, 꽃다지, 벌구두데이, 미나리, 돌나물, 바디나물, 고깔나물, 비녀나물, 둥글레, 가지복달, 엉거시, 짐장구, 고들빼기, 솔나물, 칼속새, 물쑥, 자방쑥, 소예, 굴뚝버섯, 싸리버섯, 후부리버섯, 밤나무버섯, 뽕나무버섯, 꾀꼴버섯, 달걀버섯을 철 따라 만날 수 있었다.

　조상님 면전에 곽주에 포클레인을 들이대기 전 부랭이 사람들은 먹골 자락에 우산나물같이 모여 살았었다.
　군 사업으로 쫓겨난 가족들이 일 년에 한 번씩 옛 집터에 들어선 펜션에 모였다가 흩어졌다.
　늦도록 저 다정한 이름들을 호명해 본 날은 저녁이 더 빨리 왔다.

*곽주에: 갑자기. 경상도 방언.

진달래

초파일 연등은 대추나무에 연 걸리듯 둥싯거리고요
불심(佛心)을 안고 산곡(山谷)을 오르는 노친네들은
가끔 꼬짓한 손수건을 꺼내 이마에 흐르는 땀을 닦곤 하
는데

그날만큼은 고운 한복을 입은 젊은 아낙들 물오른 버들같이
호창거리대요.
……노세 노세 젊어서 놀아…… 산마루를 타는 타령조 가락
노친네들은 다시 산을 오르고

화전놀이로도 풀어내지 못한 저 산의 참꽃 속병으로 누웠
는데요
해마다 사월 초파일께면 그 병 도져 웬 산 몸서리치도록
앓게 한답디까.

*꼬짓하다: 찌들고 때가 올라서 더럽다. 경상도 방언.

제2부

우음도(牛音島)

꽃봉오리 부풀던 잠 속으로
늙은 어미 소 핑경 절렁이며 풀을 뜯고 있었다.

언덕이 달려 나가 사라진 곳
어미 소는 커다란 배를 깔고 가부좌 대신 무릎을 꿇어
되새김 삼매에 빠졌다.

바람이 감았다 풀던 자리에 보드라운 풀이 돋아
바람결 무늬를 새기고 있었다.

풍경이 풍경과 맞물려,
비탈밭 화색(花色)이 무르익어 도원(桃園)은 귀앓이 중인데

만상(萬象)이 그 눈 아래 고요한,
그를 귀히 모셨다.

빙어(氷魚)

한입 어둠 속을 밝히던 은버들잎 몇 장

소소히 돋아나던 겨울밤 별 몇 점 아픔인가?

어디 인적 드문 곳에서부터 눈발은 쏟아졌던가.

눈 속에 갇힌 풍경 밖에서도 눈은 쏟아져

삼동을 지난 얼음장 아래 구름 몇 장 보태져

묵화처럼 깊어만 갔네.

벽오동

딴딴한 벽오동 그늘에
유지매미 흉터처럼 박혀 우나

빨래처럼 끓어오르는 울음
어찌나 맹렬한지
폭양에 담금질하는 줄 알았다.

심벌즈처럼 부푼 저 잎사귀에
주둥이를 문지르고

부드러운 집에 잠든 악기처럼
유지매미 우는 소리 잦아들다.

창공을 틀어쥔
저 손목이 푸르다 못해

벽오동, 잎사귀에 쥐가 나다.

봄 햇살 탑

一   폐지로 탑을 쌓는 공터에
    봄볕은 탈골한 뼈처럼 희다.

    제 무게를 견디지 못하고 폐지가
    흰 새 떼처럼 내려앉는다.

    사내의 옷자락도
    가마우지 날개같이 한 번 들썩한다.

    넘쳐나는 볕에 탈색되어 가는
    꼬장꼬장한 저 중늙은이의 뒤태도
    함부로 허물 수 없는 탑이다.

    종루를 기어오르듯 탑이 쌓이는 동안
    사내의 발바닥은 더 딴딴하게 옹이가 박히고

    공터 가득
    풀 죽은 잉크 냄새가 부푼다.

二   목련나무에서도

한나절
봉지 봉지 잘 발효된
봄 속살 터져
공터를 들어 올린다.

한 평의 봄밤

종로5가 텅 빈 빌딩 앞
가판대도 없이 맨땅에 늘어놓은

손톱깎이 면봉 한 묶음 일회용 면도날 돋보기
이쑤시개 이태리타월 분첩 립스틱 눈썹연필……
모두 천 원 한 장이다.

먼지를 뒤집어쓴 노인 곁에
시인 김사인이
면봉을 한 통 골라 들고 자리를 못 뜨고
옆에 선 정옥이더러 '누이 입술연지라도 하나 사 주지'
'손톱깎이는 어때'
자꾸 발 앞에 끌어당겨 놓는다.

다소곳한 목련꽃 맹아리 면봉
들깨 모종 소복한 이쑤시개
새파란 어린 호박잎만 한 이태리타월들이
한 평 보자기로 귀양 왔다.

나뭇가지 바람에 가만가만 몸 뒤척이는 소리

이명인가 노인은 자꾸만 귀를 털고

침침한 노안 속으로 절뚝이며 사라지는 봄밤.

*맹아리: 꽃망울(어린 꽃봉오리). 경상도 방언.

성호 선생 묘소 옆에서

귓전으로 쌓이는 버즘나무 잎들 사이 한풀 꺾인 하늘
그대 명(名)만큼 둥근 무덤가
그댈 에워싼 잔디는 어느 틈엔가 느슨한 맘으로 풀어져
능 밖을 기웃거리던 한 사내의 그리움은 넝쿨져 봄꽃을
터트렸었지.

천지 만물 그것들 머리를 두는 방향으로 바람은 불어와
풀잎 하나 솟는 일도 예삿일이 아닌 그리움의 자리였던가.

강물이 물결을 모른다 아니하듯 손등이 손바닥을 떠나지
아니하듯
생사가 필시 한 몸이었을

그대는 한 그리움의 자리로 돌아가고
나뭇잎 떨어져 어지러운 길
짚 검불 태우는 연기 잠깐 고른 숨으로 잦아든 뒤
그대 사당 닫히는 소리 고요하다.

칼속세

양지 밴달 눈 녹은 자리
칼속세 쓴 눈물 삼키고 있었구나.

낯빛 푸르딩딩 부어 있는 걸 보니
밤새 무딘 칼날로 바람을 쳐낸 모양이다.

어린 아우들은 둥글게 손을 잡고
정수리를 틀어쥐고 있다.

우지 마라 우지 마라 서로의 손을 녹여 주는
어린것들의 겨우살이

언 땅 아래
저 뿌리의 뜨거움.

*칼속세: 씀바귀의 일종.
*밴달: 비탈. 경상도 방언.

홍초

1. 빈집의 사랑

함석지붕으로 달아오르던 두어 칸 빈집의 사랑
그 봄,
밭둑을 화르르 살라 먹고 눈먼 언덕

불임의 꽃자리를 흔들던 바람은 저토록 캄캄한 꿈

그 여름 장마가 지나고
울음을 울고 난 새의 붉은 부리처럼
울 밖으로 뛰쳐나가 폭양에 들끓었다.

뜨내기 사랑을 끌며 끈덕지게 달라붙던 저 붉은 혀

2. 만개

꽃잎 붉은 새 떼들 사방으로 튀어 오르더니
머리채를 잡힌 손들 엉기었다.

파랗게 눈을 뜨던 꽃대마다 피멍이 들고

꽃부리를 더듬던 입술엔
시뻘건 말들이 꾸역꾸역 밀려 나왔다.

홍살문을 박찬
저
홍초

고구마 농사

어떤 날은
고라니가 내려와서
어떤 날은
토끼가 내려와서

몸살 끝내고 자리 잡는 고구마 순을
모조리 따 먹어 버렸다.
'이를 어쩌까이?'

밭 두덕 아래로 난 돌미나리밭을 가로질러
찔레 넝쿨 아늑하도록 팡 문질러 앉아

'우짜면 존노'로 화답하는
초보 농사 젊은것들을

찔레 덩굴 숭숭한 눈으로
무안한 듯 꿈뻑거렸을 고라니

그가 둥지를 틀다 간 우묵배미를 들여다보는 일은
가슴 후미진 곳을 들여다보는 것같이

서늘해지는데

새참으로 먹은 찐 감자가
식도에 꽈리처럼 매달렸다.

올 고구마 농사는 접었다고 궁시렁대며
콩죽 같은 땀을 쏟으며 풀을 뽑는데

지도 살아남으려 까칠한 팔을 뻗으며
그예 귀하다는 고구마꽃을 달았구나.

'아이구, 고맙기도 해라.'
'하느님, 나보다 누가 먼저 다녀가신 거쥬.'

졸졸졸

누가 풀어놓았을까, 저 한 줄의 시.

어쩌면, 유려한 날개에 깃든 아침 햇살,
겨울밤 차가운 별 무리이거나
깃털보다 더 가벼운 꽃잎 몇 장.

이 캄캄한 계절 제 속을 오래 궁리한 매발톱꽃이 얼음장을 뚫고
청둥오리 떼로 태어난 거야.

뭉툭한 부리는 쇳소리를 다듬기 위해 수초를 잘근잘근 씹으며
참으로 오래 뜸 들였던 흔적은 아닌지.

울대를 길게 빼 올리고 아무리 매만져 보아도 어쩔 수 없는
저 타고난 목청
그렇게 부리들 노랗게 익은 건 아닐까.

앞장선 어미 청둥오리를 따라 흘러나오는 졸졸졸……
즐거운 소리로 물이 눈뜨는가?

알에서 깨어나기도 전 음악을 익힌 물갈퀴는
물의 몸짓 받아 옮기기 바쁜데

젖은 발들 붉은 물이 빠진 단풍잎 몇 장으로 또 흘러간다.
졸졸졸……

저녁의 길

—

어둠은 토란잎, 호박잎, 오이, 들깻잎을 거쳐 고춧잎으로
사라지네.
고춧잎을 갉아 먹던 애벌레의 눈도 지우네.
쿰쿰한 냄새를 풍기던 호박꽃도 어둠을 꼭 물고 떨어지네.

어둠을 궁굴려 골똘히 호박이 여무네.
활짝 벌린 꽃 속을 들락거리던 꿀벌들도 달콤한 잠에 취
하고

어둠으로 옷 갈아입은 식물들이 궁금하여
텃밭에 쭈그려 앉아 보네.

아귀를 맞춰 보는 더덕꽃, 꽈리처럼 부풀고 혓바닥을 가
만히 내밀어 보는 소리
고추꽃이 소리 없이 지고 옥수숫대가 제 허벅지를 스슨대는
소리
어린 머윗대가 꼭 쥐어짠 머리를 풀고 고개를 조금 빼 보
는데,
달팽이 한 마리 그 위로 길을 내고 있네.

—

　헤프게 웃던 호박꽃은 마치 요조숙녀처럼 입술을 오므리
는데
　박꽃은 벌새를 유혹하기 위해 흰 옷고름을 푸네.

　치맛말기가 찢기고 흰 동정이 누레질 때까지 지칠 줄 모
르는 밤의 열기 속
　박꽃이 빗장을 거는 소리 환하게 들리는 저녁.

*스슨대다: 슬쩍슬쩍 스치다. 경상도 방언.

양떼구름 목동

고원의 바람을 타고 양치기를 데리고 온 양떼구름, 자세히
보니 양 떼가 아니라 오리 주둥이들이었다.
간지럼을 많이 타는 아이처럼 꽉꽉꽉…… 경사진 초원은
오리 주둥이들로 뒤뚱거렸다.

팽이채 하나로 오리 궁뎅이를 모는 어린 목동의 까만 손
등이 비로드처럼 빛났다.

한 떼거리의 관광객들이 과자 부스러기를 오리 떼를 향해
던져 주었다.

오리 떼나 양 떼보다 더 신기한 사람들을 곁눈질하는 목
동의 왼손이
부끄럼으로 풀을 배배 꼬았다.

풀물이 든 옷자락에서 마른 건초 냄새가 났다.

푸른 목초밭에 오리 떼를 방목한 소년은
개감초꽃처럼 청초한 얼굴을 하고 있었다.

시편(詩篇)이 거기 펼쳐지고 있었다.

소리 명창

—서정춘 시인께

저녁 늦도록 소리통을 풀무질하느라 기진해진 말매미 어깨 근육을 써서 목질의 잠을 청하러 날아오르다 양철 지붕에 부딪는다. 챙, 강, 이건 이마가 내 보는 소리다.

온몸을 공명통으로 내놓는 그의 소리가 절창인 칠팔월, 수액으로 목을 축이고 이른 아침부터 저녁 어스름이 천천히 산그림자를 앞세우고 올 때까지 그제사 판소리 완창을 끝낸다.

빈 통을 추슬러 관 속 같은 어둠에 잠시 눈을 붙인다.

……전생의 업이었다고. 떠돌이 풍각쟁이를 거쳐 곡마단 마부, 줄기차게 흐르는 역마살의 피 물림이었다고. 말똥을 치우고 천막을 걷고 온갖 잡일을 다하고 나서도 피리 한번 입에 대지 못했던 천역의 세월, 천막에 비 들이치는 날은 화투패라도 돌리며 술추렴이 벌어질 만도 한데, 이 마부에게는 비 새는 세월 양동이 깡통으로 때우다 옷이 흠뻑 젖도록 천막을 깁는 일…… 끝내 소리에 목을 맸으리라.

맴맴맴맴맴맴매에에…… 이 저녁 머리를 맴돌아 소리 한

바탕 나간다.

　저렇게 목줄을 놓았던 흔적, 벽오동 희디흰 나무의 속살을 발라내고 먹통줄 튕겨 먹물 번진 옷 한 벌 지어 입고서 저리 쉼 없이 목 담금질하는 풍각쟁이 소리 들어 보소.

천지(天地) 차이

15층 베란다에서 내려다보는 나무는 모두 몸을 납작납작
접었다.
가지들은 서로를 피해 손을 뻗었고
푸른 무밭을 얼크러 놓은 듯 잔뜩 얽히고설켜
어질머리로 푸르다.

빨래를 개키다가도, 저녁 찬거리를 다듬다가도, 문득
아파트 창을 열어 푸른 날것에 눈을 헹구어 낸다는 친구는
오래도록 안질을 앓고 있었다.

오랜 세월 타국을 떠돌다 얻은
꼭, 푸른 것에 목마른 그 병이
땅을 밟아야 나을 거라고 하신
할머니의 말이 떠올랐다.

우리가 무엇으로 밥을 짓고 옷을 지어 입는지
들깨 모종을 심고 고구마 넝쿨을 뒤집고
애호박 하나를 따 돌아오는 저물녘

15층 높이의 창공과 푸른 날것을 키우는 낮은 땅은

천지 차이였다.

제3부

사북 외숙

산이 무릎을 꺾어
캄캄한 지층으로 탄맥을 끌어내리던 날
광산 사택 앞
한 무더기 봉숭아꽃으로 나앉은
헐은 누룩 자루 같은 외숙

자신의 폐허를 들여다보는 산이
주인을 잃고 떠돌던 누렁이 한 마리가
오 층 사택 귀퉁이 방과 함께 늙어 갔다.

도회지로 떠난 두 아들의 고향이 되기로 작정한 그때
한사코 손사래 치던 봉숭아꽃

어느새 슬리퍼 짝을 꿰차고
봉숭아 꽃대를 어루만져 보던
닭발 같은 손마디
붉은 봉숭아꽃

생선구잇집 이 씨

1.

혼자 끓어오르다 폐기된 감정들, 폐타이어 갈아 끼우듯
그럴 수만 있다면, 돌이킬 수 없음을 되뇌는 감정들이 있다.
생선구잇집 이 씨, 저수지 아래로 저녁놀 기우는 눈빛 닮아
간다.
저수지 곁에서 종일 서서 생선을 굽다가 무릎이 다 닳아
빠진, 절룩거리는 다리를 세워 줄기차게 죽은 물고기를 구
워야 산다. 점심 한 끼 장사를 위해 하루하루 문을 여닫는
다. 건물에 딸린 방에서 두 부부가 납작 엎드려 버틴다. 언
제부터인가 이 씨 부부는 이끼가 낀 저수지 바닥에 사는 가
물치를 닮아 갔다. 흐르지 못해 고인 감정, 꿈조차 꿀 수 없
는 가물치 우는 밤이 여기 있다.

2.

도지세로 얻은 푸성귀 밭은 묵정밭이 된 지 오래. 삽날이
들어가지 않는 늦은 봄 이 씨 복잡한 심사처럼 온갖 풀씨들
이 날아와 꽃을 피우고 씨앗을 맺었다. 봄 쇠뜨기꽃 황사로
어지럽더니 망초꽃 하얗게 우거지다 오월이 갔다. 뒤따라

환삼덩굴 채권자처럼 밭둑을 칭칭 감았다. 이 씨 속 터지듯 환삼덩굴 꽃가루 사방으로 퍼져 나갈 동안 이 씨는 필사적으로 성경 필사를 한다. 필경사 바틀비처럼 점점 말을 잃어 가는 대신 날로 사나워지는 환삼덩굴 깔깔한 가시 입안 가득 돋아났다.

*필경사 바틀비: 허먼 멜빌, 「필경사 바틀비」.

안부

손을 흔드는 아내의 손이 미안한 가장의 출근길
보도블록 틈새, 풀꽃 앞에서 또 미안해지는데요.

우리가 저토록 치열하게 꽃을 피웠던 적 있었던가요?

자판을 톡톡 두드릴 때마다 볍씨들이 콕콕 심어진다면,
일터는 곡식 여무는 소리로 즐거울 텐데.

잡초를 골라내듯 서류를 파쇄기에 밀어 넣을 때
당신의 손은 조금 떨고 있었던가요?

어두운 조명처럼 마주 앉은 식탁
서로 묵묵히 수저질만 분주해 위태롭고,
밥숟가락은 화가 나 있습니다.

밤이면 당신의 잠은 편안한가요?

귀를 접은 짐승처럼 쓰러진 당신은
고라니 모습으로 쫓기다가

사냥꾼처럼 몸부림이 사나워지기도 하다가
고압선에 감전된 바람의 얼굴로 돌아눕습니다.

당신의 오늘은 안녕합니까?

어떤 귀가

막차를 놓치고 힘이 쭉 빠져 있는 저 사내
늦은 밤 시외버스터미널을 서성인다.

흉곽이 환히 들여다보이는 빌딩 사이로 돋아나는 별은
그 남자처럼 고독할까?

낡은 가방을 꼭 쥐고 가는 그의 등 뒤로
몰려오는 어둔 잠은 어디다 부려 놓을까.

바람이 그의 등을 몇 차례 떠밀었다.
사내는 몇 번을 펄럭이다가 출발할 지점에 다시 도착해
있었다.

먼 곳에서 강줄기를 적시는 비 냄새가 훅 끼쳐 왔다.
4차선 도로를 사이에 두고 그는 생각이 복잡하다.

남자는 플래카드처럼 오랫동안 서성이다가
차라리 가벼워서 어디든 갈 수 있을 것처럼 얼굴을 고쳐
들고 되돌아왔다.

저 길을 건너 도달할 수 있는 강은 아주 멀다.

그러나 사내는
두 발을 저어 날아가기로 작심한 듯
비장한 얼굴을 하고 서 있다가

이윽고
강물 냄새를 몰고 오는 바람의 반대쪽으로
몸을 돌려 어둠 속으로 사라졌다.

무지개슈퍼 김 사장

—

　잡식성 동물의 환한 위장 같은 대형마트 앞에서 무지개슈퍼 김 사장이 일인 시위를 한다. 초원의 끝을 향해 경계를 풀지 않는 미어캣 뒷모습 같다.

　온 가족 생계를 거꾸러뜨리고 쏟아 내는 대형 유리창 불빛, 골목은 번들거리는 포식자의 음흉함으로 흘러넘치고, 오늘도 귀가 시간을 넘긴 김 사장 포장지처럼 구겨져 돌아갔다.

　어둡던 상점 거리를 밝히는 저 불빛의 사각에서도 쑥쑥 자라는 환삼덩굴 같은 무한 팽창 야만의 생리.

　대형마트는 몇천 럭스 조도로 포장된 화사한 얼굴을 하고 사람들 목덜미를 물어뜯는다.
　시간이 지날수록 하나둘 과잉의 형광빛을 뒤집어쓰고 우린 투명 인간이 되어 간다.

—

목수 박 씨

천지를 떠돌던 대목수 박수서(朴秀緒) 씨

지천명에 이르러
내 집 한 채, 느린 걸음으로 도착했다.

그가
눈물과 피땀들로
허공에
칸칸이 환한 창을 만들 수 있었던 건
싱싱한 팔뚝 때문이었다.

손마저 핏기가 걷히고
착착 감기던 연장도 발판의 감각도
모두
한순간 방향을 잃고

남은

저 늙은 거푸집 한 채

갈빗대 와장창 주저앉히고
몇 달째 누워
떼꾼한 눈으로 창밖을 본다.

휴가라고 찾아온
가족도 친지도
모두
낯선데

골이 깊어 돌이킬 수 없다는
이송천(二松川)
골짜기만 퍼렇게 운다.

장도리로 내리치고 싶었던 생의 순간들을
가까스로 지나
여기,

텃밭엔
토마토와 고추가

생생한 기억을 지우듯
붉게 물크러지고 있었다.

*이송천(二松川): 경상북도 안동 소재 하천.

공단으로 오는 봄

반월공단(半月工團) 반이 빈 공단(空團)으로 남았다.
비어서 더 투명한 낮달처럼 정적만이 초지동, 원곡동을
지나
39번 국도로 빠져나간다.

동남아에서 온 노동자 몇 주위를 두리번거리며 지나간다.
그들의 깊고 검은 눈동자가 구름으로 흩어진다.

염색 단지를 지나 시화호에 이르면 상한 물고기 떼
단단히 닫힌 수문을 물어뜯는다.

누구도 말을 걸지 않는 교각을 따라 해가 지고
바람이 먼바다를 데리고 오는 곳

아무도 바다만큼 울 수 없다.

저 혼자 짠물에 눈동자를 씻어 말리는 바다
갯바람에 실려, 봄소식을 듣는 염생식물들

아무도 울지 않는다.

칠명초, 나문재, 퉁퉁마디…… 터진 손등 발갛다.

벼랑의 잠

1.

바람이 밤새 전깃줄과 씨름을 한다.
곧 철거될 연립주택 방 한 칸에
중늙은이가 영악스럽게 짖는 개를 데리고 버틴다.

개가 짖자 텅 빈 연립주택이 따라 짖는다.
텅, 텅, 텅
더 이상 비울 것 없다는 듯
소리는 벽을 끌어안고
푸석푸석 먼지처럼 주저앉는다.

어둠 속에서 조금씩 모서리들이 둥글어지듯
사철나무 잎이 몰래 둥글어지고

옹색한 잠 속 가위눌린 꿈
빙벽을 오르다 잃어버린 손가락 몇 개
언 수도관에 매달려 빛나고 있다.

2.

사철나무는 사생아처럼 자라
지하로만 뻗었다.
적벽돌 군데군데 눈멀었다.

지하방 김 씨
오늘도 새벽 인력소개소를 다녀왔다.

호명을 기다리는 죄수처럼
광고지를 붙이고 종일 서 있는 전신주도
귀가 얼었다.

'아들아, 어머니를 내다 버려라.'
바람이 나무를 흔드는 소리

사철나무는 발이 부르트도록
시멘트 속에 실핏줄을 뻗는다.

포구에서

1.

그물을 깁던 손 그물을 끌어올리던 손 한 사나흘 궂은비 내렸으면, 부슬거리며 비가 오는 부두에 젖은 손들 다 모여 막걸리 순배를 돌리며 칠이 벗겨진 호마이카 상 귀퉁이로 장단을 맞춥니다.
'홍도오오야 우지 마라……'
비닐 막 밖으로 젖은 가락들 흐르고 붉은 황토에 꽃 덤불 모양으로 엉긴 그물들도 두런두런 젖습니다.

2.

수부들 등 줄 푸른 정어리 떼 같습니다.

가시 많은 성게를 고르며 붉은 속내를 까는 붉은 손, 할 말이 많아 할 말을 잃어버린 손
잡어를 초장에 찍는 젓가락 허둥댑니다.
생의 매운맛 한 소쿠리씩 부리고 가는 바람 따라 흩어지는 마음 접으며, 옹이를 박는 마디 굵은 손, 세월에 상한 마음 붉은 낮달로 떠도 사람들 알지 못하고

수부들 바다를 향해 정어리 떼처럼 파도를 헤쳐 나갑니다.

공사장으로 오는 봄

1.

새우젓국 맑은 속살로 누운 바다
무허가로 머리 맞댄 고잔의 낡은 처마들

솔밭 사이로 간 밴 몸 벗어 놓고
밤새 뒤척이는 해풍 닮아 가는 밤

날품의 사내들
산자락을 돌아 육자배기로 흐르고

흐드러지게 품었던 개나리 진 마음도 흘러
어느새 꽃가지 휘도록 내거는 봄 햇살

2.

소금기 가셔지지 않은 고잔 벌 택지
땜질한 이발소 창 너머로 목련꽃 지고

해거름 녘 후미진 골목 땀 냄새

흙탕길의 사내
공사판 구부러진 못으로 돌아왔다.

봄비 속 시멘트 기둥은 목을 놓듯 날로 웃자라
날개를 가진 것들 공사장 불빛에 홀려
수없이 몸 버렸다.

가시를 숨긴 벌처럼
레미콘 붕붕 대는 샛길을 돌아 신도시가 들어서고

목련나무는 몰래 몸을 떨었다.

만리동 연가

1. 붉어지는 어둠

그해, 만리동 언덕배기
벌집 지하방 칸칸마다 여인들 일벌마냥 들락거리네.
알뜰하다 못해 지독한, 지하 수돗가 오 촉 전등 발갛게 익어
흔들리네.
쌀을 씻어 안치는 손이 가볍게 붉어지고
한낮 어둠이 고무 다라를 천천히 풀어놓네.

그녀, 어둠에 익은 눈 밝혀 빨래를 하네.
꼭 다문 꽃봉오리를 가볍게 풀어헤치듯
재바른 손놀림에 풋풋한 푸성귀로 살아나는 옷가지들

바짓가랑이를 물고 거품이 허리를 꺾는 지하 수돗가
수챗구멍으로 흘러가는 비눗물 강을 향해 젖은 눈 뜨네.
발등을 핥고 달아나는 물 냄새 따라
황사가 이 지하방까지 몰려와 발갛게 익는 선인장 꽃봉오리

어둠 속에서도 붉게 피어나는 혀
모래 한 방울 마른입에 필사적으로 매달리며

서로의 목젖을 오래 들여다보네.

2. 황사로 오는 봄

만삭으로 뜬 낮달
그녀, 황사 바람 언덕에 기대 만리동 싯누런 봄을 낳았다네.

제 무게에 겨운 꽃봉오리가 활짝 열리듯 그녀,
핏덩이는 방금 핀 꽃처럼 붉었네.
퉁퉁 불은 젖을 짜내는 한낮
산국 끓이는 비린 냄새 시장기를 훑고 하수구로 흘러가네.

벌집 쑤시듯 꽃봉오리를 죄다 풀어헤치는 꽃샘바람
개나리 묵은 가지마다 줄줄이 흘러나오는 싯누런 황사
만리동 언덕배기에 출렁이고 있었다네.

아르바이트

백화점 세일 기간 내내 상냥한 꽃처럼 웃다 보면, 웃다 보면
울고 있다는 생각이 자주 든다.

흘러내리는 스타킹처럼 아무리 입술 꼬리를 밀어 올려도
입에 쥐가 났다.

비상계단에 쭈그려 앉아 발을 주무르며
뭉친 근육을 풀 때
어디서 야쿠르트 병 하나 통통통 계단을 굴러간다.
그도 잘록한 허리를 풀고 차지게 한번 웃고 싶었나 보다.

이내 멀거니 잠잠해지다가
플라스틱 주둥이에 할랑거리며 고이는
꼭 고만큼의 어둠이
목구멍을 타고 깊어질 때
웃는 직업은
어둠을 한입씩 삼키는 것

아무리 칫솔질을 해도
구내식당의 비릿한 식기 냄새가

입꼬리를 올릴 때마다
새어 나왔다.

저무는 꽃을 보다

유리문에 기댄 보드라운 햇살이 그녀들 목덜미에 감겨들 때
귓등은 간유리처럼 환해졌습니다.

슬리퍼 끄는 소리, 껌 씹는 소리
화장 지워진 얼굴들이 검은 머리채를 틀어 올리며
눈을 동그랗게 뜨고 시름없이 지는 뜰의 꽃을 바라봅니다.

어느 낯선 꽃밭에서 지독한 꿈을 꾸었던가요?
한낮의 꽃밭은
억센 바람의 손길에 짓이겨진 꽃잎들로 온통 붉었고요,
그날은 낮달도 붉게 물들었습니다.

날벼락을 맞고 하늘이 새파랗게 쪼개졌고요
귀때기 새파란 미루나무, 수많은 눈을 닫아걸고
다만, 흔들리고 있었답니다.

문득, 빛이 모든 그늘을 거두어 간
거기, 횟가루를 뒤집어쓴 함박꽃이 낯설었습니다.

함박꽃은 소리 없이 지고요

그녀들 눈자위엔 어느새 하나둘 꽃물이 듭니다.

제4부

선산 가는 길

어머니, 밍꽃 환한 밤이 와도 당신은
물길을 끌고 또 어느 빈집 모래 무덤 속으로 흘러갑니다.
그 옛날 당신이 흘려보낸 빨래터는 깊고 고요하여
당신이 자아올리던 밍꽃의 그믐밤 무명 씨앗 한 줌을 남
기셨습니다.

꽃송아리를 휘어잡던 어린 손들
이젠 달착한 밍송이를 봐도 마음을 빼앗기지 않고
잎도열병 번지듯 개구리 우는 논배미를 지나
선산에 다다르면
당신 발치엔 잔솔들 또다시 우거지고 있습니다.

*밍꽃: 목화꽃. 경상도 방언.
*밍송이: 목화꽃이 지고 맺은 열매. 경상도 방언.

감자밭 가계

하루 이십사 시, 물구나무를 서고 싶은 발은 바닥을 떠날 수
없다.
땅에 발을 내린 발부리의 역사, 얽히고설킨 뿌리의 가계도
티눈으로 단단히 박혔다.

밭일을 마치고 돌아오던 어머니의 맨발과 통풍에 시달리
시던 아버지의 부은 발
지게 작대기에 의지하여 절룩절룩 한 소쿠리 부려 놓던
봄 황사 속 씨감자

씨눈을 도려내고 아버지의 아버지처럼 아버지는 감자 씨
눈을 고랑에 묻고 기다린다.

새 신을 신고 머리가 하늘까지 닿을 때까지 내가 뜀박질을
해도 닳지 않던 어머니의 흰 고무신

오랜 씨눈의 휴식, 다정한 발 한 쌍 솟아오를 때까지 어머
니의 발은 점점 야위어 신발이 필요 없는 감자의 뒤를 이어
갔다.

감자가 자라는 들판, 꽃샘추위에 푸르딩딩한 발부리, 잎이
시드는 하지를 지나 감자를 캐 쪄 먹고 우리는 오래전 그 밭
을 떠나왔다.

오리나무 아버지

—

　그해가 끝나 갈 무렵 아버지는 내 잠 속을 노크도 없이 방문했다.
　왜 그러세요, 아버지?

　노오란 주둥이가 되지 못한 오리들은 그때까지 동그라미를 늘어뜨리고 있었고, 나는 아무 감정이 없었다.

　아버지는 무뚝뚝한 웅덩이로 흘러갔다. 잔뜩 찌푸린 하늘은 실핏줄을 툭툭 끊어 밤낮없이 보슬비를 뿌렸다.

　목소리에 붕대를 감은 채 안개로 사라지는 아버지, 돋지도 않은 날개를 저어 날아오르는 시늉을 했다.
　어디로 그리 날아가고 싶었던 걸까?

　허깨비에게 홀려 가시덤불에 긁힌 종아리마다 붉은 찔레 열매가 돋아, 도랑을 건너 옛집으로 가는 길마다 똑똑 따라왔다.

　오갈이 낀 대추나무와 생전에 회초리들이 마당 가득 숲을 이루었다.

숲처럼 말이 없었던 밥상, 늘 짖어 대고 싶은 것을 꾹 참고 달각달각 숟갈들이 소리를 대신했다. 오리가 되고 싶었던 건 아버지만이 아니었는지도 몰라.

입 모양만 그리며 숟가락을 토해 내던 아버지는 마침내 오리 주둥이를 달고 가장 단단한 오리나무가 되었다.

*오갈: 오갈병.

요양원

잦은 아열대성 스콜로
꽃밭이 귀때기를 잃었습니다.

비가 잠시 숨을 고를 때
여우비와 가랑비로 젖는 나무

퀭한 눈구멍으로 우리를 쏘아보던 아버지처럼
잠시 쾌청한 구름
이불 홑청 뜯기듯 찢긴 자리

요양원 뜰에 발목 잡혀
샐비어꽃이 각혈하는 저녁마다

"애비야, 애비야 이리 놀러 오너라."

거울을 통과한 사물처럼
앞뒤가 잘린 말이 뾰족합니다.

생(生)과 몰(沒) 사이
촌수가 뒤바뀐 아버지들

딸의 손을 맞잡고

“질녀가 왔구나. 애비는 내일 왔니?”

주머니를 뒤져 꼬깃한 손수건을 펴고 또 펴서
접고 또 접어
여비에 보태라고 손에 꼭 쥐여 줍니다.

어느 사이 시든 배춧잎처럼 후들거리는 손이
저승꽃이 핀 얼굴이
아버지의 모습을 지워 갑니다.

몸을 빠져나가고 있는 아버진
우화등선 중인가요?

천진이 천치로 변해 갈 동안

요양원 뜰엔
속절없이 바람이 불고 꽃이 피고 집니다.

아늑한 쥐구멍의 치욕

자네 들어 보래이, 쥐구멍에라도 쑤셔 박히고 싶은, 그러고 싶은,

치욕에게 멱살이라도 잡혀 다그침이라도 받고 싶은 그런 날이 왜 없었겠나.

머리를 짓찧고 싶은 그런 절절한 날 그때는 다만 눈썹을 바르르 떨며 손가락으로 밥알을 뭉갰지.

분노는 손끝으로만 몰리고 꼭 해저 넙치마냥 죽은 듯 몸피를 바꾸는 일도 힘든 일이지만서도……

할 수만 있다면 바스라지는 콩깍지의 촉감, 그 생생함도 버리고 모든 간절함 그마저도 버리고 멀건 죽사발 보듯 자식들 바라볼 수 있다면……

자네 들어 보래이, 요양원 쪽창 햇빛은 환한 갈비뼈를 꺼내 병든 맘을 들쑤시는데

햇살에 걸려 파닥이는 잠자리의 통증을 생각해 본 적이 있나?

그 잠자리가 꼭 나를 꿈꾸는 것 같다고 말한 적이 있네.

물론 자네는 헛것을 보았다고 하겠지만서도……

쪽창의 햇빛들은 욕창께로 몰려와 꽃 피우는 재주를 가졌
다네.
거, 자네 보래이, 창문 좀 열어 주게나 이 등꽃 붉게 피어날
때까지.

자네 내 말 좀 들어 보래이, 요양원의 날들은 아늑한 쥐구
멍의 치욕 같은
그런 시간이 아니겠는가?

아버지의 잠

1.

아버지 소원은 고향집에 돌아가는 것, 가서 진둑산도 쳐다보고, 한질 논 서 마지기 기차 소리에 벼꽃 자욱이 꽃가루를 터는, 질금콩도 논둑마다 콕콕 심어야 하고, 소여물을 썰어 소죽도 끓여야 하는데…… 소죽솥에 콩가지 쪄서 어린 새끼들 챙겨 줘야 하는데, 보리를 데끼러 간 네 에미는 빨리 안 오고 뭐 하노, 앞산에 참꽃 바알갛게 다 지고 있는데, 저 산비알 비둘기는 자꾸 울어 쌓고 갓달나무내 봄날은 다 가고 나만 남았구나!

아버지 잠 속, 우신다.
일생을 하루에 다 사신 날은 가랑잎처럼 바싹 꼬부라져 잠들어 있다.

2.

노역으로 시든 마디 굵은 손 어느 사이 하얗고 보들보들해진 때아닌 호사가 낯설다.
갓난아이 살처럼 부드럽고 찰랑이는 저 종아리 쟁기질로

일곱 남매 키웠나니

　그 싱싱했던 근육들 빠져나가고 여분의 삶이 주는 이 편
안한 호사

　노루 피를 한 사발씩 들이키던 수렵시대의 젊은 아버지는
이제 없다.

　전생들만이 뇌피질 속에 갇혀 뛰논다.

*진둑산: 경상북도 봉화군 봉성면 소재 산 이름.
*한질: 경상북도 봉화군 봉성면 소재 들판 이름.
*질금콩: 콩나물로 기르는 푸른색의 작은 토종 콩. 경상도 방언.
*콩가지: 콩꼬투리가 달린 줄기와 가지 부분.
*데끼다: 디딜방아에 곡식을 넣어 껍질을 벗기다. 경상도 방언.
*갓달나무내: '거시기'와 비슷한 의미의 간투사.

아침상에 올린 푸성귀

한쪽 눈이 멀어 잘 보이지 않는 늙은 보살이 딸네 집에 와 요양 중이다.

나를 보더니 대뜸 한다는 소리가
"에구…… 사형 댁은 셋째 딸을 두고 자주 속을 끓였제. 그 곱던 얼굴에 근심이 차설랑……. 이태 전에 아덜 데꼬 댕겨가고서는 소식 한 자 없다고…… 끌탕을 하더니만…… 종종 밭머리에 호미 던져두고 절에 올라와설랑 우리 시님 붙들고 셋째 딸 소식 묻곤 했제……. 에구, 사형댁 애를 고로코롬 태워 쌓더니……." 해싸며 푸성귀 한 쌈을 싸는데, 옆집 텃밭에서 얻어 왔다는 푸른 푸성귀 아침상에 펄펄 살아납디다.

또 한 쌈을 오지게 싸서 입에 밀어 넣고 웅얼웅얼 말을 내뱉는 보살, 환생한 늙은 소 같아 보였습니다. 나 또한 애꿎은 푸성귀 쌈만 꾸역꾸역 입이 미어지도록 쌌는데요……. 눈물이 비어져 나오도록 염치없이 쌌는데요…….

생전의 어머니 속만 썩인 셋째 딸년, 쌈 싸 먹듯 새겨들으라고, 어머닌 한 상 가득 푸성귀를 차리셨는지. 나는 짐짓

아무렇지도 않은 듯 꼭꼭 싸서 먹었습니다. 꼭꼭 씹어 먹었
습니다.

소년 오빠

죽은 닭털이 묻은 스웨터를 불 속에 처넣고 깃털에 옮겨
붙는 불꽃을 본다.

화장터에 앉아 뼛가루를 날리는 기분, 모든 사라지는 것
들의 아우성이 들렸으므로 물을 불로 토해 내고 가벼워지
는 몸, 속눈썹 하얗게 내려앉은 불티, 난데없는 서리꽃으로
깜빡이다 먼 기적 소리를 타고 떠나는 영(靈)들이었다고.

티눈도 반짝이는 눈을 가질 수 있다면, 불티는 나무의 현
재일까.

재를 뒤집어쓴 감자, 불씨를 헤집고 허기를 메꾸던 시절
재투성이 소년 오빠, 날마다 아궁이 가득 젖은 장작을 쟁여
넣고, 이 헐벗은 계절을 딛고 곧 봄이 온단다, 속삭이던.
아득한 봄의 기다림 속에 산판을 따라 쓰러지는 나무들,
저 불구덩이 속으로 사라질 나뭇단과 그 나뭇단을 나르던
언 손이 발랄해 보였던 적이 있다.

감쪽같이 사라질 나뭇단을 쌓아 놓고 불탄 자리 까묵까묵
잦아들 때까지 소년 오빠는 그때 무엇을 꿈꾸었을까. 불탄골

98

너머 화장터를 지나올 때 붉은 대궁의 고사리손들 그을음
으로 달라붙던 까마귀 울음 모두 나무의 환영이었나.

텅 빈 아가리에만 매달리는 울음들, 더는 태울 것도 없는데
퀭한 검댕의 눈으로 형형하게 빛나고 있는 저것은 또 무엇
인가?

*까묵까묵: 검은 색깔이 듬성듬성 남은 모습. 경상도 방언.

부전여전(父傳女傳)

당신의 발이 천천히 압정으로 납작해질 동안 내 발은 곤죽 같은 잠 속에 이미 뿌리를 내린 뒤였지요. 끈적끈적한 잠의 외벽에 실핏줄을 뻗으며 깨어나는 것은 어렵지 않은 일이었습니다.

뿌리 내릴 수 없는 하루가 있다면 그것은 악수를 생략하고 달아나는 홀가분한 발의 정처이겠지요, 어디든 쫓아와 들끓는 뿌리로 돌아가는.

압정의 반짝임으로 새싹이 돋아 내일 하루는 맑은 새의 방향으로 달리겠습니다. 그 길에 구름의 순례가 따르고 순록의 잔가지들이 며칠을 설레겠습니다.

발굽들이 쿡쿡 자라는 밤, 되새김질하는 짐승이 새로 돋아나는 보드라운 풀들을 뜯으며 저 여분의 한가(閑暇)를 발 속의 발, 분주하게 자라는 발들의 손에게 돌려줍니다.

언제나 캄캄한 눈을 뜨고 오는 당신, 지난밤 묵사발로 부풀어 오르던 발등, 이제 당신을 떠나 오랜 시간 떠도는 날이 겠습니다.

일몰

여든아홉 해로 가는
그 첫해에
새순같이 아버지의 눈이 벌어질 때
강보에 싸인 먹골 못물은 그렇게 연둣빛 배냇잎들을 받아
내고 있었다.
초록이 될 때까지 봄빛도 그 자리에 오래 설레었다.

여든아홉이 되던 해
무르익은 복숭아가 제풀에 떨어지듯
실눈을 뜬 채
아버지

꺼먹꺼먹 상한 형광등은
무딘 날빛을 세워 눈을 쿡쿡 찔러 댔다.

염을 하고 곡을 하고 상여를 메고
먹골 어머니 곁으로 갈 때까지
삼 일이면 족했다.

아버지의 전생(全生)을 압축해서 지나가는 길가

—

늦은 봄꽃
드문드문 얼룩지고

투명한 봄볕에 산 꿩의 울음이 경쾌하게 꿰었다.
산비둘기도 꾹꾹 울었다.

봉분의 생 흙냄새
싸리꽃, 양지꽃……
눈만 마주쳐도 꺼질 것 같은,

저 날것의 가벼움

첫 삽 위에 가뿐히 내려앉는다.

여덟 채의 덜구로
천년 유택이 지어질 동안
중천에 걸린 해가 어느덧
아버지의 발치까지 산그늘을 끌고 와
비척거렸다.

—

먹골은 그렇게
아버지의 발자취들을 모두 거두어
청청한 산빛에 보탰다.
어느덧 못물도
산그늘을 천천히 놓아주고 있었다.

*먹골: 경상북도 봉화군 봉성면 소재 골짜기 이름.
*덜구: 달구. 땅을 다지는 데 쓰는 연장. 경상도 방언.

빨래를 한다

아무 생각 없이 익숙한 손길은 저 혼자 바빠, 부글거리며 끓어오르던
세상의 욕망을 뭉개고 저도 모르게 붙어 온 찌꺼기의 시간도 흘려보내고 나서
멱살을 움켜잡고 사지도 비틀며 빨래를 한다.

그늘진 곳만 골라 딛는 남루만은 어쩔 수 없어 흐르는 도랑물 귀 대고 듣던
그 세월로 돌려보내다가 엉키어 할퀴던 세상을 잠시 내려놓는다.

공중에 매단 이 빨래마냥 설레던 마음은 저 혼자 손짓하여 부르지 않아도 깃을 치다
제 갈 길 떠난 뒤, 빈 둥지마다 부화하지 못한 썩은 꿈 가득 쿨렁거릴 때
오가지 못하는 생의 그리움들은 어느 풀잎 위에다 마음을 포갤까.

이렇게 막을 수 없는 물길도 제 발길로 흘러, 아직은 에미라 부르는 품엣것들 여린 목덜미마다 촘촘한 땀 자리 쓸어 줄

"

손길로, 생의 목마름 해갈시킬 강물로 흐를 줄 안다면.

제5부

쇠뜨기
―나르시시즘

꽃은 둥글어져
폭발하기 위해
티끌이 되기 위해
핀다.

핀다는 것, 것
진다는 것것, 것것들
돌려막기 위한 사채와
같은
쇠뜨기쇠뜨기쇠뜨기

파열된 브레이크가 내장된, 그러나 부드러운
꽃피는
판타지

천진을 가장한 의지
불행한 도취들
들들들들 피어나

몰락으로 가는 위장술은

좀 더 화려하게 진화할 필요가 있지 않을까?

날개를 달기 전 골똘한 티끌로부터
조금씩 흘러내리며 왔다.
조금씩 마모되어 갔다.
오거나 가고 왔다가 갔다
갔다가 왔다 갔다가 갔다.

결국

발정 난 쇠뜨기쇠뜨기쇠뜨기
지구 반대편까지 뚫고 나오는 지독한
나르시시스트들

휘발된 거짓들
그 것, 것들이
돌연 생을 탕진하고 골똘해질 때
비로소 '둥글어지다'를
오연(傲然)한 거울의 환영을
복사하다.

"팜나 피는 꽃"

세상의 무수한
티끌인
꽃
누구나 한번은
생의 극지에서 스스로 발갛게 달궈질 때가 있다.

*팜나 피는 꽃: 김유택의 장편소설 『보라색 커튼』 중.

푸른 기린의 목소리를 기르고 싶어

—

그래, 너는 말 대신 왜 향기 없는 푸른 적막을 보여 주는 거지? 그러니까 뿌리를 뽑아 물구나무를 서고 싶다는 거니, 블루버드? 발가락을 발기발기 찢어 말 대신 기침을 하고 싶다고?

한결같아 지루한 실내식물들처럼 나도 말을 버리고 온순 해지는 계절이다. 물관 아래 오래 고인 목소리들이 썩지는 않 았는지, 내 울대를 만져 보는 밤이다. 공기보다 더 부드러운 소리의 입자들, 입을 닫아건 입구를 찰랑찰랑 흔들어 본다.

토분을 짚고 굳은 손가락 몇 개, 누가 흘리고 간 눈물이 지? 얼룩이 숨긴 손목을 모아 야윈 목을 비틀어 본다. 목소 리를 모두 꼬아 버리는 저 잘린 입들은 누구의 꼬리였지?

목소리가 따뜻한 햇볕이 되기까지, 길게 목을 뽑으며 광 합성을 기다리며 반짝이는 나무의 근육들 뒤로 붉은 사막 이 자꾸만 눈을 찔러 왔다.
언제부터 사막의 바람은 네 안의 거울의 목소리를 닦고 있었을까? 너는 왜 목소리에 눈을 달아 줄 생각을 못 했지?

—

나는 오랫동안 접어 둔 입을 꺼내 북쪽 나뭇가지에 달아 놓고 한동안 목소리가 푸른 기린이 되기를 기다린다.

모딜리아니 풍 눈빛에 목소리의 방향을 더듬어 본다.
목소리의 바깥, 말이 되기 전의 옹알이, 너는 푸른 분수처럼 소리치고 싶었겠구나.

언젠가 네 성대에 푸른 칠을 해 두고 쓸쓸한 표정을 꺼내 네 귀에 걸어 줄게.

목젖에 갇힌 푸른 숨, 사막의 적막 한 줌 깃털처럼 목에 두르고, 푸른 기린을 닮은 네 목소리를 다시 기르고 싶구나, 블루버드.

바람을 접다

천 마리의 학을 접던 손에서 태어나던 어린 바람이 있었다.

폐허가 된 집 기둥을 휘감던 환삼덩굴, 그 쓰라린 손을 기록하던 바람의 표정이 궁금했다. 눈을 비빌 때마다 미세한 깃털들의 조바심, 그 손끝에서 겨우 어린 눈빛이 되던 저녁.

저녁은 미궁에 대한 기억인지도 모른다. 미궁은 탈출구가 없다는 뜻이 아니라 탈출구를 찾지 못하는 혼돈이다. 가령 천 마리의 학을 접어 정확하게 천 마리를 호명하는 일의 헷갈림, 어쩌면 천 마리 학의 울음을 만져 보는 손가락의 현기증 같은, 또 다른 뒤섞임이다.

오로지 바람의 정처를 잠재우려고 천 마리의 종이학을 접은 것은 아니다. 그것은 바람의 유랑을 꿈꾸지 않기, 울대 가득 음악을 기르지 않기.
그러므로 폐허로 쓰러지는 누군가의 절절한 눈빛을 받아내는 잘 발효된 어둠이어야 한다.

어느 날 천 마리의 종이학이 미궁에 대한 추측을 버리고 바람과 몸 섞는 것을 보았다.

병 속에 둥지를 튼 천 마리의 학은 너의 숨소리를 날개뼈 밑에 부지런히 감추었고 날갯죽지가 따뜻하게 부풀자 추자나무 위로 떼를 지어 날아갔다.

그날 이후 종이학 귀때기를 납작납작 접고 있는 새파란 바람의 손이 종종 목격되기도 했다.
추자나무 아래엔 귀가 떨어진 학들이 버버리처럼 울었다.

*추자: 호두.
*버버리: 벙어리. 경상도 방언.

아가미 돌

—

모래 저녁 성성한 수풀 사이 바람 소리에도 천 길 물 돌,
그대 입술에 졸졸 흘렀더랬지요.

꽉 찬 잇바디가 될 때까지 지느러미를 갉아 먹고 하현달로
졸기도 했지요.

근질거리는 잇몸으로 수초를 잘근잘근 씹어 부레옥잠도
키워 보았지만 내 몸은 점점 투명하게 말라 갔습니다.

언젠가는 띄엄띄엄 내 잠의 층간을 밝고 촉, 촉 설레던 씨
앗이기도 했었지요. 아가미 주름을 지나온 싱싱한 바람이
달빛 아래 엉마구리로 엉겨 붙은 이력도 생긴 셈이지요.

생의 고비마다 치설 같은 잎이 돋아날 때, 어금니를 꽉 움
켜잡고 새벽을 맞곤 했습니다.
그것은 어떤 담금질에 비유될 수 있을까요?

천년을 기다려 하얀 잇바디로 가라앉는 시간은 내게는 그저
풍문으로 박힐 따름이었습니다.

—

　누군가의 정결한 영혼이 붉은 아가미 아래 자란다는 것,
결코 만져 볼 수 없는 시간의 둘레

　그 낡은 층계를 더듬거리며 다정한 한 쌍의 아가미 돌은
여분의 눈물은 아닐는지요.

*엉마구리: 두꺼비. 경상도 방언.

그 여자, 꽃에 얽힌 서사

1. 비단향꽃 무

이것은 그 여자, 밀림의 잡초에 관한 이야기다.

이야기를 울기 위해 쓰러진 꽃에 대한 소문이 창궐하기 시작했다. 소문의 서식처로 지목된 그 도시의 화원은 그녀에게 퀵으로 날아가 새가 될 수 있었고, 새들은 꽃의 눈, 꽃이 될 수 없는 것들의 부리가 되어 주었다.

울기 위해 쓰러진 그 여자의 불면증이 비로소 마티올라 잉카나의 영혼을 빌어, 비단향꽃 무 발톱의 구애로 구축하는 것이었다.

그 여자, 갯바람에 단단해진 발톱은 어느 날 까닭 없이 유린당한 어떤 분노였고, 주기적으로 찾아오는 애인의 구타는 일종의 음악처럼 부드럽게 그녀를 위무해 주는 갯바람과 같았다고.
어느 날 갯바람에 데리고 온 갯방풍의 입김도 소용없이 갯무는 길고 날렵한 발톱의 매운 본질을 끝내 포기했다고.

고작 발톱의 영역이라니! 증상을 견뎌야 하는 여자의 불안한 신경처럼 눈물이 되지 못한 발톱은 날갯죽지에 부리를 박고 잠드는 새의 웅크림, 뭉크의 사라진 입에 대한 증언, 부화에 실패한 곤달걀, 모든 부패의 기미, 절망 덩어리를 움켜잡는 것.

그것은 반죽할 수 없는 먹장어 통발 같은 것이었는데, 더러는 악무한이 그 안에 도사린 탓이라고 했다.

그래, 검댕을 쏟아 내기 위해 그녀는 밤마다 죽은 자의 귀를, 입을, 눈을 애도하기로 했다. 저 깜깜한 세계 밖에 유성우로 쏟아지는 비가(悲歌). 떠나보내기 위해, 날마다 장사 지내기 위해 쓰러져 우는 꽃들의 축제라니! 사라진 슬픔의 총체성? 별자리는 꽃에 관한 비보로 전해지기도 했다.

이야기의 시작은 언제나 도달할 수 없는 아득한 고대, 창세전 저 악무한의 아가리, 도마뱀 꼬리의 서사에 도달할 수 없다는 것.

불면을 모르는 꽃이 여자의 증상을 힐링할 것이라는, 통상적 지루한 입이 우후죽순으로 솟는 저 밀림의 속성이 드디어 반죽을 마치고 발효되기 시작했다는 것이다.

2. 불면의 알로카시아

밀림은 여자가 최초로 발견한 총체성의 물줄기에 젖줄을 대 볼 수 있는 원시의 구멍 뚫린 바람이었다. 입구와 출구가 하나인 경계 없는 모호함의 덩어리, 사라지기 좋은, 미궁으로 달아나기 좋은 기회.

누군가는 혹부리영감을 통해 피노키오 파라독스의 해석을 내어놓기도 하고 열대우림의 기후처럼 전후를 알 수 없는 도덕적 불감증에 빗대기도 했다. 장미 콩나무를 타고 탐험한 아마존 바다 이야기가, 큰 부리 따오기 열대 앵무새들의 수다가 폭포로 쏟아지는 우림의 온도는 아주 조화로운 세계의 공식이었다.

이미 자유가 내재된 세계에서 실현된 아름다움이란 무섭도록 짙푸른 열기 뒤의 고독, 속과 안의 뒤집힘. 속씨식물과 겉씨식물의 열매 같은.

어떤 경우의 수도 행운도 미궁의 눈길도 외면할 수 없다
고 여자는 울었다. 울지 마, 알로카시아. 너의 세계에 온전히
도달한 네 모습을 보란 말이야. 순수한 풀로 돌아갈 마지막
기회를 잡으라고 숲은 속삭였다.

그 비밀을 목격한 순간 밀림의 정령들은 여자의 눈을 멀
게 했다. 단단히 여문 씨앗의 어둠이 그녀의 빛을 환수해 갔
다. 세계는 온전한 암흑의 빛나는 순간들로 돌아갔다.

잠은 돌덩어리로 잎사귀들은 구근 속으로 꽃들은 조화로
운 혀들 속으로, 가라지는 가라지에게로, 무(無)는 무(無)로, 천
년의 잠 속으로 서서히 침몰해 갔다. 여자도 드디어 최초의
어둠을 잘 수 있었다.

불면의 의혹을 걷어 내자 창세기의 유혹이 시작됐다.

*무(無)는 무(無)로: 만물은 모두 조화의 근원인 무(無)에서 생겨났다가
다시 그 근원인 무(無)로 돌아간다. 『장자』, 「지락(至樂)」 제18.

분꽃 소년

한 번의 사랑이 끝나면 온몸을 제 배꼽으로 몰아세우는
꽃이 있다.
너무 일찍 배꼽으로 회귀하는 건 아닌지?

불에 지져진 꽃 주둥이처럼 한 소년이 그 곁에 서 있다.

어릴 적 등에 업혀 듣던 노래
"어쩌다 생각이 나겠지……" 동네 어머니들의 박수 소리가
들리고
소년은 이별의 내용도 모른 채 노래를 불렀다.

그때 골목 끝 담장 밑에 막 피어나던 분꽃, 꽃가지 뒤에 숨
어 얼굴을 가슴에 묻고 듣던 제 심장 소리.
꼭꼭 접힌 순결한 골목들 밥 짓는 냄새에 아늑하게 풀려,
구름은 예민한 소년의 머리를 쓰다듬고
아이들은 술래놀이를 계속한다.

하룻밤, 새빨간 거짓말처럼 제 손목을 잘라 내고
씨방으로 내려가는 분꽃

이 지상의 마지막 낭만적 심장을 가진 꽃이 여기 있다.

멜랑콜리

—

하여, 마지막 너의 눈 속에 담았던 능소화 붉은빛 잊을 수
없다.

익지 않은 꽃그늘 거두어 너무 일찍 몰려온 먹장구름,
그날 이후 공원은 커튼처럼 무거워졌다.

날카롭고 투명한 잔뼈를 사려 깊게 발라내듯 되풀이되는
빗소리,
더 자랄 때까지 기다려 주지 않는 아비들.

착한 아우가 없는 걸 후회하며 비는 사계절 커튼 아래로만
내렸다.

그 와중에 꽃들은 태어났다.

궐기하듯 피를 토하는 꽃들의 지리멸렬 뒤로 한차례 진저리
치며 추락하는 어린 꽃들.
'아가, 잠들지 마라' 어둠의 둘레를 넓히는 비의 울음 멈추지
않는 밤

—

저 아가리에서 뽑아낸 작살로 발등을 찍어 두 발 잿빛 무덤에
던져라.
검댕으로 내려앉는 광야의 까마귀들아, 늙은 영혼의 눈알을
쪼아라.

기꺼이 눈물 한 잔 사약처럼 깨끗이 비우고, 더 깊은 동굴로
내려간 무명의 아들들
말라붙은 입술을 핥다 굳은, 펫장 안으로 촘촘히 사라진
너의 눈빛,
미처 발굴되지 못한 유적의 잠은 깊고…….

거기 비명(悲鳴)을 삼킨 채 우뚝 멈춘, 익지 않은 어둠이 있다.

등나무

등나무 아래
술잔을 돌리며 내게 옵빠, 옵빠 말해 봐
동그랗게 몸을 만 태엽 인형이 풀리듯
사내의 혀 꼬부라지는 옵빠, 옵빠

칭칭 감아야 사는 등나무도
처음에는 직립하는 나무였을 거야.
옵빠, 옵빠를 부르는 어린 동생에게
등을 내주는 동안
등이 휘어지고 천 개의 손도 모자라
마침내 덩굴손의 족보를 갖게 되었지.

그래 주문을 걸어 봐
칭칭칭 엉킨 손목 잘라 내 봐
외롭다는 말 대신 복화술로
깊고도 진한 보랏빛 등꽃 게워 내 봐.
옵빠, 옵빠

애벌레 고물고물 파먹다 만 저녁 등꽃
푸른 즙 몇 바가지 강물과 섞이는 동안

졸음을 쫓느라 눈 비비던
별 무리로 총총 못 박혔다.

몇억 광년을 지나 그대에게 닿는 별빛 한 장
빛바랜 사진 속

거기 낯익은 눈빛 하나
압정에 단단히 박혀 옵빠 옵빠.

봉숭아꽃

—

그해 장마가 지나고 봉숭아꽃 뭉텅이로 질 때
손금 받쳐 든 잎맥들 서로의 헐은 이마를 짚어 주던 긴 여름
정선의 어느 담벼락 젖은 빨래에서 강물 냄새가 났다.

아우라지를 건너는 아라리요 뱃노래도 무심해
돗자리를 깔고 끊어진 기타 줄에 쉰 듯한 젊음을 말리었네.

아무리 말려도 눅눅함은 가셔지지 않고
발을 헛디딜 것 같은 재래식 변소의 불안에도
봉숭아꽃은 가지가 휘도록 웃어 주었다.

사랑이 전부라고 믿던 때 더운 바람 훅 몰려오던 골목 끝 집
배반을 꿈꾸는 사내와
사내가 끌고 다니는 푸른곰팡이 같던 그 익명의 희망

황토를 움켜잡은 옥수수의 근골 모양
밖으로 드러난 가슴을 서로 쳐다보며
떠날 수 없었던 정이 무슨 웬수 같아 문득 마주친 봉숭아
꽃잎,

—

봉숭아꽃

붉은 귀 울음 우는 소릴 듣고도 밥만 퍼먹었다.

늦은 연애

하루살이 떼로 몰려가는 꽃잎
제 그림자보다 먼저
머리 짓찧으며 날아갔다.

때론
우리도 저토록 끓어오르는 꽃잎과 같아서
작은 바람에도 서로 손목을 놓칠 때가 있다.

앰뷸런스 다급하게 멎는 병동 밖
벚꽃나무 잔뜩 골이 난 듯
부푼 뺨을 서로 후려치고 있다.

타오르는 꽃나무를 삼키고
검은 숯으로 남은 사내는
빗장뼈 고쳐 달 마음도 잊은 듯
서둘러지는 꽃나무를 보고 있다.

소가지가 급한
꽃나무도 사내도
안팎으로 끓어오르는 한낮

꽃나무처럼 분을 게워 내던
늙은 벚나무 같은 여자가 또 있었다.

*소가지: '마음속'의 속된 말.

사춘기 소녀들

一

이팝꽃 흰 이빨들

뭉텅이로 빠져
까르르 쏟아질 때
잠시 고요

찰리 채플린이
들끓는 열정을 몸으로 읽는 동안
호젓해진 소녀들은 외로웠을까

복도로 우루루 쏟아져 나온
분홍으로밖에 떠오르지 않는
분홍 손톱, 분홍 입술
분홍 복숭아꽃
같은
소녀들

열람실 구석 관음죽
실뿌리를 가만히 뻗쳐
난분분한 소요(騷擾)를 죄다 빨아 대느라

복도 쪽으로 새파란 귀를 세우네.

산재병원 창밖으로 내리는 첫눈

서거나 걷거나 구부리고 펴는 단순한 동작이
이곳에서는 필사적이다.
악심을 먹지 않고는 무너진다.
재활은 의지 하나에 달렸다고 귀에 못이 박힌다.

딱딱하게 굳은 손가락 한 마디를 꺾을 때
잘못 산 인생을 후회하고
두 마디를 꺾을 때 급하고 교만한 생각 버리겠다고
세 마디를 꺾을 때부터 무조건 잘못했다고
싹싹 빌듯 눈물 콧물을 흘리는데

때마침 목발 짚은 중늙은이가 핸드폰을 받으며 지나간다.
'다 늙어 빠져도 눈이 온께 첫사랑 생각이 난다야'
그 바람에 이 악문 힘 빠지자 실실 웃음이 새어 나온다.
울다가 웃는 나를 두고 물리치료사가 겁을 먹는다.

제정신이 아니고는 버틸 수 없는 극한의 고통도
눈 한번 펑펑 쏟아지니 눈 녹듯 사라지는데
눈도 코도 없는 그리움이란 것이 저 눈발로 찾아와
식은 가슴 설레는 꽃으로 핀다는 생각

유리창에 붉은 물이 든 내 다섯 손가락
눈꽃 송이 악착같이 매달리는데
그 꽃가지 꺾어 들고
그리움 마중 나갈까.

아직 마르지 않은 것들을 위하여

송현지(문학평론가)

시집은 흔히 집에 빗대어진다. 시들을 모은다는 의미의 '집(集)'과 시가 모여 있는 장소로서의 '집'이 같은 발음을 가진다는 데서 비롯된 이 비유는 시인들이 시를 통해 저마다의 집을 세운다는 의미와도 연결되며 널리 통용되어 왔다. 이처럼 이 비유가 보편적으로 사용되어 왔기에 한 시인의 시집을 설명하는 데 이를 가져오는 것은 다소 망설여지는 일이다. 그럼에도 나는 박춘희의 두 번째 시집 『가물치 우는 밤』에 대해 이야기할 때 '집'을 강조하는 것만큼 적절한 방법이 떠오르지 않는다. 이번 시집에서 그는 '끝내 돌아오게 된 장소'로서의 집을 시종 중심에 두고 있을 뿐만 아니라 시를 통해 그러한 집을 짓고 있기 때문이다. 이때 그의 '집'은 또 다른 의미를 함축한다. 자신을 치장하거나 보호하기 위해 겉에 두르고 있던 옷과 장신구는 물론, 표정까지도 다 벗고 있을 수 있는 장소이자 가장 나다운 모습으로 있을 수 있는 공간으로서의 집, 간혹 자신의 진짜 모습과 마주하기

싫어 바깥을 헤매다가도 결국 돌아와 안락함을 느끼게 되는 장소라는 의미를 말이다. 물론 모두에게 집이 편안한 장소라고 말할 수는 없을 것이다. 어떤 이는 그처럼 익숙하고 안전한 곳에 머무르고 있는 자신이 탐탁지 않아 집으로 돌아가는 일을 늦추고, 귀가한 뒤에도 한참이 지나서야 그 가치를 알아차리기도 한다. 박춘희의 경우가 그러한데 그는 이 늦어진 귀가에 대해 다음과 같이 말한다.

어둠 속 빨래들 기다림으로 펄럭일까.

밤이슬 맞고 눅눅한 눈을 들어 하늘을 보면
거기 밀꽃이 핀 듯 별 무더기

마슬 다녀오는 발걸음 돌멩이 부딪혀 알가락거리는 밤
내 옷가지들이 하염없이 나를 기다리는
그 외진 마을

슬레이트 지붕엔 밤마다 고양이가 가만히 발 모두는 소리

시궁창을 타다 말고 나를 빤히 보던
눈물이 똑 떨어질 것 같던 발이 바알간 쥐

경운기가 다니는 길 쪽으로 난 봉창가
흙탕물 자국 아련한 시간 뒤 삭아서 나달거리는 모기 망

비탈길을 비켜서 있는 옥수숫대는 곧잘 바람을 불러 노닥거
리는데

빨래 장대보다 더 높이 자라 버린 해바라기가
푸른 꽃몽오릴 꽉 잡고 마당만 내려다보는

내 삶 속에 놓여 있는 이 모든 정경들

늦은 귀갓길.

―「늦은 귀가」 전문

　“별 무더기”가 피어 있고, “시궁창을 타다 말고” 화자를 바
라보는 “바알간 쥐”가 있으며, 돌멩이 부딪히는 소리와 고
양이가 슬레이트 지붕을 거닐다 발을 모으는 소리까지 들
리는 친밀하고 고요한 공간. 이것이 박춘희가 생각하는 오
래전 떠나온 집의 모습이다. 떠나온 곳을 이처럼 아름답게
그린다는 점에서 이러한 서술은 별반 새로울 것이 없어 보
일 수 있다. 그러나 “늦은 귀가”라는 제목과 더불어 마지막
연에 제시된 “늦은 귀갓길”이라는 구절에 주목해 본다면 그
가 이 시에서 중요하게 다루고자 한 것은 옛집의 아름다움
을 설명하거나 그에 대한 그리움을 토로하는 일만은 아니
다. 화자는 옛집의 정경들을 하나씩 떠올리며 그 장면을 현
재로 불러오는 방식으로 그 집으로 돌아가고 있는 셈이어

서, 우리를 다음과 같은 질문 앞에 세워 두기 때문이다. 회상만으로도 이렇게 귀가가 가능하다면, 그는 왜 이토록 "늦은 귀가"를 해야 했던 것일까?

이런 질문을 하게 되는 것은, 그가 옛집의 풍광을 이토록 구체적으로 떠올릴 수 있다는 점에서 애초부터 심정적으로는 그곳과 전혀 떨어져 있지 않았을 것이라는 가능성을 상정하게 되기 때문이다. 그곳의 풍경과 소리는 이미 현재의 그를 이루고 있어서("내 삶 속에 놓여 있는 이 모든 정경들") 그는 사실상 한 번도 그곳으로부터 완전히 벗어나 본 적이 없었을지도 모른다. 2연에서 "밤이슬 맞고 눅눅한 눈을 들어" "별 무더기"가 있는 하늘을 보는 주체는 문맥상 그가 빨아 두었던 옷가지들이지만, 주어가 비어 있는 이 문장은 밤하늘을 바라보고 있던 화자의 일부가 여전히 그 자리에 머물러 있는 것처럼 읽히기도 하지 않는가. 박춘희가 생각하는 귀가가 물리적인 것만이 아니라 회상만으로도 가능한 상상적 귀가까지 포함하는 것이라면, 이렇게 상상의 귀가 정도는 그리 어렵지 않게 할 수 있었다는 점에서, 그가 지금껏 이 풍경을 떠올리지 않았던 까닭은 무엇인지 묻게 되는 것이다.

하루 이십사 시, 물구나무를 서고 싶은 발은 바닥을 떠날 수 없다.

땅에 발을 내린 발부리의 역사, 얽히고설킨 뿌리의 가계도 티눈으로 단단히 박혔다.

밭일을 마치고 돌아오던 어머니의 맨발과 통풍에 시달리시던
아버지의 부은 발
　지게 작대기에 의지하여 절룩절룩 한 소쿠리 부려 놓던 봄
황사 속 씨감자

　씨눈을 도려내고 아버지의 아버지처럼 아버지는 감자 씨눈을
고랑에 묻고 기다린다.

　(중략)

　감자가 자라는 들판, 꽃샘추위에 푸르딩딩한 발부리, 잎이
시드는 하지를 지나 감자를 캐 쪄 먹고 우리는 오래전 그 밭을
떠나왔다.

—「감자밭 가계」 부분

먼저, 박춘희에게 집이 가족과 함께 머무르는 장소로 그
려진다는 점을 떠올려 볼 수 있겠다. 이때, 그가 "얽히고설
킨 뿌리의 가계"를 다루고 있다는 점에서 가족을 개인적 의
미에만 한정하지 않고 역사와 전통의 맥락으로 확장하여
생각해 볼 수 있다. 말하자면 "물구나무를 서고 싶은 발"을
가졌지만, "아버지의 아버지처럼" "감자 씨눈을 고랑에 묻
고 기다"리며 끝내 "바닥을 떠날 수 없"었던 화자의 부모
의 삶을 한 가족의 승계된 노동과 가난이라는 관점에서만
이 아니라 전통과 역사에 대한 승계로 본다면, 박춘희는 감

자를 키우며 감자처럼 "땅에 발을 내"리기를 선택하기보다 오히려 그것을 쪄 먹은 후 옛집을 떠나는 일을 택했다고 할 수 있다. 이때, 화자가 감자의 "잎이 시드는 하지"를 지나 감자밭을 떠났다는 서술은 의미심장한데, 이는 떠남의 이유가 오랜 전통과 역사가 더 이상 지속되지 않으리라는 인식과 연결되어 있음을 짐작하게 한다.

그러나 옛집에서 키우던 감자의 "씨눈"조차 남기지 않고 감자를 캐 먹을 만큼 결연하게 밭을 떠났더라도 박춘희에게 집은 현실이 녹록지 않을 때마다 다시 돌아가고 싶은 장소였던 것으로 보인다. 화자가 그곳의 감자를 먹고 떠나온 이상 그가 여전히 그 밭에서 길러진 것들로 이루어져 있는 것처럼, 물리적인 떠남이 그로부터 완전히 벗어난 삶을 보장해 주지는 않는다. 그러나 떠난 집으로 돌아오는 일은 쉽지 않으며, 떠난 집을 그리워하면서는 현재의 삶을 살아가기 어렵다. 현재를 견디는 것만으로도 벅찬 삶의 조건 아래에서 과거의 집을, 그토록 안락하고 평화로웠던 장소를 떠올리는 일은 자신이 과거로 후퇴하고 있는 것은 아닐지 의심하게 하며 지금의 상태에 주저앉아 낙오하게 될지도 모른다는 불안을 불러온다. 박춘희가 이번 시집에서 집중적으로 살펴보는 것 중 하나가 바로 "공사장 불빛에 홀려/수없이 몸 버렸"던 노동자들이 고된 삶을 이어 가다 결국 집을 잃어버리게 되는 과정임을 주목해 보자(「공사장으로 오는 봄」).

천지를 떠돌던 대목수 박수서(朴秀緒) 씨

지천명에 이르러
내 집 한 채, 느린 걸음으로 도착했다.

그가
눈물과 피땀들로
허공에
칸칸이 환한 창을 만들 수 있었던 건
싱싱한 팔뚝 때문이었다.

손마저 핏기가 걷히고
착착 감기던 연장도 발판의 감각도
모두
한순간 방향을 잃고

남은

저 늙은 거푸집 한 채

갈빗대 와장창 주저앉히고
몇 달째 누워
떼꾼한 눈으로 창밖을 본다.

휴가라고 찾아온

가족도 친지도

모두

낯선데

골이 깊어 돌이킬 수 없다는

이송천(二松川)

골짜기만 퍼렇게 운다.

장도리로 내리치고 싶었던 생의 순간들을

가까스로 지나

여기,

텃밭엔

토마토와 고추가

생생한 기억을 지우듯

붉게 물크러지고 있었다.

—「목수 박 씨」 전문

　지천명에 이르기까지 "천지를 떠돌"며 허공에 집을 짓던 "목수 박 씨"는 "장도리로 내리치고 싶었던 생의 순간들"을 견디면서도 노동을 멈추지 못하다 "갈빗대 와장창 주저앉"은 후에야 비로소 자신의 집("내 집 한 채")에 머무른다. 그러나 그렇게 마련된 그의 집은 "낡은 거푸집 한 채"에 불과할 만

큼 안이 비어 있으며, "텃밭"에는 "토마토와 고추"가 "생생
한 기억을 지우듯/ 붉게 물크러지고 있"다. 이때의 거푸집
이란 일차적으로는 껍데기만 남은 박 씨의 몸에 대한 비유
로 읽히지만, 생생한 기억을 지우듯 물크러지는 텃밭의 식
물과 연결해 이 집의 풍경을 그려 본다면, 이는 생존을 위해
지속하는 우리의 노동이 몸과 더불어 소중하게 간직되어야
하는 기억들마저 잃어버리게 함을 서늘하게 가리킨다. 다른
이의 집을 짓는 목수가 자신의 것으로는 결국 텅 빈 거푸집
을 갖게 된다는 시의 설정은 우리의 삶이 얼마나 쉽게 자신
의 기원과 소중한 것들로부터 멀어질 수 있는지를 보여 주
는 탁월한 장치다.

　이외에도 제3부에서 시인은 "사북 외숙"(「사북 외숙」), "생선
구잇집 이 씨"(「생선구잇집 이 씨」), "김 사장"(「무지개슈퍼 김 사장」) 등
의 사연을 통해 세계에 "납작 엎드려 버틴" 채 현재에 고여
살아가는 사람들의 삶을, "꿈조차 꿀 수 없"이 살다 끝내 자
신을 잃게 되는 모습을("언제부터인가 이 씨 부부는 이끼가 낀 저수지 바
닥에 사는 가물치를 닮아 갔다") 담는다(「생선구잇집 이 씨」). 그러한 인물
들을 시에 담으며 박춘희는 자신의 몸이 모두 사그라들거
나 집이 완전히 사라지기 전, 애써 잊으려 했던 옛집으로 돌
아간다. 잃어버린 것들을 붙들기 위해 이제 그는 적막만이
남은 몸으로 그 자신, 옛집 되기를 자처한다.

　나는, 사철 적막을 키우는 집이다.

서까래 위 먼지들은 겉잎과 속잎을 딛고 켜켜로 핀 꽃이다.
나의 내부는 정물처럼 무겁고, 빛나지 않는 빛 하나가 거기
있는 듯
때때로 잠깐씩 밝아진다.

한 움큼의 빛을 문 가지런한 수저 한 벌
일상이 사라진 세계 너머 저 홀로 반짝이는 것들

모든 소리와 먼지들은 사소한 일상의 틈에 깃든다.
나는, 돌아오지 못하는 것들의 집이며 적막한 소리들의 귀이다.
—「옛집 1」 전문

바람의 "들숨 날숨으로"(「옛집 3」) 만들었다 사라지고, 사라
졌다 다시 떠올려지는 기억들을 "켜켜로 핀 꽃"에 빗대며
시인은 일상의 사소한 사물들 또한 "한 움큼의 빛"을 물고
있는 것처럼 반짝일 수 있다고 말한다. "모든 소리와 먼지들
은 사소한 일상의 틈에 깃"들어 있는 것이기에 그는 이처럼
쉽게 잊히는 작고 작은 것들을 "일상이 사라진 세계"에 데
려오기 위해 자신의 몸을, 아니 시집을 "돌아오지 못하는 것
들"과 "적막한 소리들"에게 내준다.

누군가 불러 주지 않으면 영영 잊힐 것 같은 봉화군 봉성면
외삼2리 부랭이 마을이 있었다.

145

집막골, 싱골, 먹골, 밤나무골, 바른골, 사늘, 소진골, 불탄골, 비선산소골, 진둑산, 똥그랑봉, 두리봉, 매봉산, 앞산, 아랫마, 모래밭재, 웃샘, 솔모랭이 큰엄마, 큰아부지, 해매리 할매, 싱부 할매, 도야 할배, 우천댁, 오록댁, 약국 할매, 문단 할배, 억수 아재, 또복 할배, 조상들이 뼈를 묻은 선산과 반남(潘南) 박씨 교수공파 대대손손 뿌리내린 부랭이골은 물과 공기와 산세가 수려해서, 학자와 장군과 시인이 나오고, 스물한 가구 순박한 사람들이 과수원을 일구고 농사를 지었다. 송이버섯이 지천이었던 똥그랑봉을 비롯해서 병풍처럼 둘러쳐진 산들은 각종 산나물과 약초들을 내주어 후손들의 잔뼈가 굵던 곳이다.

삽딱주, 이밥추, 나물취, 미역취, 수리취, 고사리, 고비, 땅두릅, 두릅, 고추장대, 개미취, 뚝갈나물, 달구벼슬, 잔대싹, 산궁구이, 개불알꽃, 산부추, 나락나물, 가싯대나물, 산도라지, 산더덕, 비둘기나물, 햇닢, 다래순, 싸리나물, 머구나물, 종지나물, 메밀나물, 명태나물, 밥부제나물, 원추리, 물레나물, 논뚝가지, 황새나물, 까마귀오줌통, 까마물거지, 오바리꼬바리, 송곳나물, 중파, 달래, 나생이, 꽃다지, 벌구두데이, 미나리, 돌나물, 바디나물, 고깔나물, 비녀나물, 둥글레, 가지복달, 엉거시, 짐장구, 고들빼기, 솔나물, 칼속새, 물쑥, 자방쑥, 소예, 굴뚝버섯, 싸리버섯, 후부리버섯, 밤나무버섯, 뽕나무버섯, 꾀꼴버섯, 달걀버섯을 철 따라 만날 수 있었다.

―「어떤 기록」 부분

"누군가 불러 주지 않으면 영영 잊힐 것 같은" 것들. 백석이 잊힌 마을의 이름과 평안도와 함경도의 방언을 시에 적어 언제든 이를 머릿속에 되살릴 수 있는 어휘 사전을 마련했듯 박춘희 역시 마을의 이름과 그곳에 살던 이들의 이름을, 산나물과 버섯의 이름을, 그리고 경상도의 방언을 열거하며 우리를 잊어버린 옛집으로 데려간다. 아직은 생생한 그 이름들이 물크러지기 전에, 시간이 그 아름다운 정경을 조금이라도 앗아 가기 전에 그는 그것들을 하나하나 기록함으로써 이를 보존한다.

그러나 박춘희에게 이러한 기록은 한편으로는, 사라질 것을 붙잡기 위해서라기보다 그것이 아직 사라지지 않았다는 사실에서 비롯된 행위에 가까워 보인다. 즉, 시인에게 옛집의 보존은 목적이라기보다 이러한 감각이 남긴 부차적인 결과물에 가깝다는 것이다. 앞서 살펴본 「늦은 귀가」에서 어떤 '내'가 여전히 옛집에 머문 채 밤하늘을 바라보고 있었듯, 이 기억과 감각은 시인에게 이미 지나간 과거가 아닌, 아직 현재로 남아 있는 듯 보인다.

호롱불 머리 맞대고 듣던 적적한 산골
스란스란 눈 오는 소리
생솔가지 부러져 뒤척이던 밤

밀개로 눈을 치우시던 아버지는
아카시아나무의 밑둥치를 손도끼로 뭉툭뭉툭 잘라 내

소죽솥 아궁이는 빼곡히 아카시아나무로 입안이 헐어 있다.

생나무가 타는 집들은 저마다
애기 혼(魂) 같은 파란 연기들을 올리고 있다.
—「아버지의 겨울 2」 전문

눈이 오는 날 "아카시아나무의 밑둥치를 손도끼로 뭉툭뭉툭 잘라" 그것을 말릴 틈도 없이 그대로 태워 가족을 부양해야 했던 아버지가 등장하는 이 아름다운 시에서 시인은 마르지 않은 기억과 감각에 대해 말한다. 아직 마르지 않은 생나무를 태우자 생겨난 "애기 혼 같은 파란 연기들"은 삶의 속도로 인해 미처 남겨 둘 수 없었던, 빨리 사라져야 했던 순수한 것들의 흔적이다. 입안이 헐고, 손도끼가 뭉툭해질 만큼 노동을 반복해야 했던 현실은 아궁이에도 상처를 남겼을 뿐만 아니라 작고 아름다운 것들을 지켜 낼 수 없게 만들고 그 혼만을 흔적으로 남겼다. 박춘희는 어떤 것들은 영원히 마르지 않지만, 애써 그것을 태워 버릴 수밖에 없었던 현실의 조건을 되돌아본다. 남아 있는 그것은 저 혼처럼 살아 있되 오직 감각으로만 알아차릴 수 있는 것이어서 그는 이를 설명하기보다 감각의 언어로 소환한다.

산뽕 잎에 비 내립니다.

절벅거리며 달겨드는 잎들 사이

감자밭 고랑에 묻힌 어머니의 굽은 등
빗줄기에 흔들립니다.

짧은 속적삼 사이 불어 허연 살
빗속 감자순만 퍼렇게 눈뜹니다.

―「어머니」 전문

산뽕 잎에 내리는 비로 인해 움직이는 잎들과 그 사이 보이는 "감자밭 고랑"과 "어머니의 굽은 등", 어머니의 "불어 허연 살"과 퍼렇게 눈뜬 "빗속 감자순"과 같은 이미지의 나열로 이루어진 이 시를 볼까. 시인은 그 등이 감자밭 고랑을 닮을 정도로 평생을 일했던 어머니의 모습을 시각적으로 형상화함으로써 그 기억이 여전히 그에게 선명히 각인되어 있음을 드러낸다. "빗속 감자순만 퍼렇게 눈"뜬 시간 속에서 이런 장면은 영원히 우리의 마음에서 마르지 않을 우리 각자의 어머니를 떠올려 보게 한다.

이처럼 그의 시가 개인의 경험을 넘어 우리의 근원적인 조건을 건드린다는 점에 주목한다면, 박춘희가 돌아간 집은 오래된 시의 집, 즉 전통 서정이기도 하다. 주체와 대상을 동일시해 온 서정의 방식이 인간 중심적 태도로 비판받고, 그 문법 역시 오래된 것으로 여겨지며 많은 이들은 이를 떠나기도 했다. 서정시는 "한때는 분주한 일가"를 이루었던 옛집처럼 지금 남아 있는 것이다(「옛집 3」). 그러나 박춘희는 그런 "철 지난" 방식의 서정이(「시인의 말」) 아직 우리를 건드릴 수 있음을 보여 줌으로써 이 오래된 방식이 아직 작동할 수 있음을 증명하는 한편, 우리가 집을 떠나 새로운 곳만을 향하는 과정에서 무엇을 잃어 왔는지를 되묻게 한다.

그런 의미에서 「시인의 말」에서 시인은 "철 지난 옷을 꺼내 가을 햇볕에 말린다.//부끄럽구나 푸른 하늘이여!"라고 적었지만, 나는 이 문장들을 다르게 읽어 보려 한다. 그의 시집에서 우리가 보게 되는 것은 "철 지난 옷"도, 그것을 굳이 꺼내 드는 남루함도 아니기 때문이다. 그보다 이번 시집에서 우리는, 아직 마르지 않은 것들을 가을 햇볕에 내보이며 여전히 살아 있는 혼들을 하나씩 보여 주는 시인과 마주한다. 마치 "아버지의 발자취들을 모두 거두어/청청한 산빛에 보"태는 것처럼(「일몰」), 그는 오래된 그것들을 꺼내 천천히 우리의 마음을 적신다. 그 파란 연기가 모두 모여 만들어진 "푸른 하늘"에서, 우리는 그의 시를 통해 비로소 집으로 돌아간다.